AF252586

ARTHUS ET BREPPO,

DRAME LYRIQUE EN UN ACTE,

PAROLES ET MUSIQUE

par M.-C.-Prosper RACHON,

EXÉCUTÉ PAR LES MUSICIENS SCOLAIRES, SES ÉLÈVES,

A LA DISTRIBUTION DES PRIX

DE L'ÉCOLE ET DU PENSIONNAT PRIMAIRES DE MARVILLE, LE 31 AOÛT 1852,

Et dédié

A M. MOUTON-CHIBEAUX,

MAIRE DE LA VILLE.

VERDUN,

IMPRIMERIE DE LAURENT, LIBRAIRE.

—

1852.

ARTHUS ET BREPPO,

DRAME LYRIQUE EN UN ACTE,

PAROLES ET MUSIQUE

par M.-C.-Prosper RACHON.

———

10-22 JUILLET 1852.

... Sicut et nos dimittimus debitoribus nostris.
(Matth. vi. 12)

VERDUN,

IMPRIMERIE DE LAURENT, LIBRAIRE.

—

1852.

PERSONNAGES.

ARTHUS, fils de Breppo.
BREPPO, époux de Nizza, roi détrôné.
XANTHOS, meurtrier de Nizza, devenu ermite.
CHŒUR DES PAYSANS, conduits par
CARLI, ancien officier de la maison de Breppo.

———————

La scène est dans les Apennins, au XVI.e siècle.

ARTHUS ET BREPPO.

SCÈNE PREMIÈRE.

BREPPO (solo).

. . . Oui, tout en ces lieux attise ma vengeance :
C'est là, sur ce rocher, que Nizza, sans défense,
Succomba sous les coups d'un soldat du tyran !
Et depuis, seul, chassé, cerné comme un brigand,
J'ai tout perdu; mon fils aussi, comme sa mère,
A payé de son sang l'infortune d'un père !
Vous du moins qui m'aimiez, au temps où j'étais Roi,
Du haut du ciel, veillez sur moi !

. . . .

Oui, je le jure, Arthus, Nizza, votre mémoire
Sera vengée ici : j'aurai du moins la gloire
De mourir comme vous! (*Se tournant vers la montagne.*)
(*Il chante.*)   A moi ! braves amis,
A moi, vaillants soldats : dans le sang des bandits
Nous devons, sans tarder, laver l'horrible outrage
Fait à mon nom, au vôtre ! Allons punir leur rage :
Huit ans d'un dur exil, amis, c'est trop souffrir :
Il faut enfin vaincre ou mourir !

CHŒUR DES PAYSANS, *qui s'approchent.*

Cherchons, sur la montagne,
Le meurtrier de Nizza;
De Breppo, notre chef, elle était la compagne.
Mort à celui qui l'immola !

SCÈNE II.

BREPPO. LES PAYSANS.

BREPPO.

Nobles enfants de l'Italie,
Ah ! trop longtemps jouet du sort,

— 4 —

J'ai cherché, loin de ma patrie,
Un asile contre la mort !
Il luit enfin, le jour de la vengeance !
D'Arthus et de Nizza vous savez l'innocence :
Ils périront ici, victimes de l'amour
Que Nizza, sur mon cœur, me jura sans retour !

CARLI.

Pour punir tant de crimes,
Amis, vous armerez vos bras :
Guerre au monstre, au tyran, bourreau de ces victimes ;
Jurez de venger leur trépas !

Le Chœur des Paysans répète :

Pour venger tant de crimes,
Amis, nous armerons nos bras :
Guerre au monstre, au tyran, bourreau de ces victimes ;
Jurons de venger leur trépas !

CARLI.

Vengeurs de l'innocence,
Amis de Breppo,
De Nizza prenant la défense,
Combattons au plus tôt !

(Solo et Chœur alternés.)

BREPPO.

Jurez sur sa tombe
De suivre partout mes pas !
S'il le faut, que chacun de nous succombe
Pour venger leur trépas.

CHŒUR.

Breppo, nous jurons sur sa tombe
De suivre partout tes pas !
S'il le faut, que chacun de nous succombe
Pour venger leur trépas !

SOLO.

Amis, il faut partir !

CHŒUR.

Allons, allons vaincre ou périr !

CHŒUR.

Breppo, nous jurons sur ta tombe, etc.

BREPPO (Récitatif).

Mais que vois-je en ces lieux ? N'est-ce point quelque trace ?...
Ce sentier... ces rochers... tout, jusqu'à cette place,
Dénonce un habitant de ce sombre vallon.
Serait-il notre ami, notre défenseur ?... Non !

(Montrant un poignard caché sous une pierre.)

Non ! voici le poignard du perfide sicaire,
Pour nous surprendre tous, il veille en son repaire,
Et peut-être, ô Nizza ! ton sang ?... Sur ce tombeau
Je veux, avec son arme, immoler ton bourreau !

CHŒUR DES PAYSANS, qui s'éloignent.

Cherchons sur la montagne, etc.

SCÈNE III.

ARTHUS, seul. (Récitatif.)

Mère, de te venger perdrai-je l'espérance,
Et faudra-t-il, avant, mourir dans la souffrance ?
Ici, huit ans déjà, par ce jour achevés,
Les seuls biens que j'avais me furent enlevés :
Breppo périt, sans doute, en voulant nous défendre,
Et, fils déshérité, je n'ai pu de sa cendre
Recueillir le trésor précieux à mon cœur !
Plus heureux, de ma mère... Hélas ! est-ce un bonheur ?
Pendant que je dormais, une main criminelle
La fit périr, là-bas... Infortune cruelle !
Je n'osais l'embrasser, respectant son sommeil,
Pauvre enfant, je craignais de gâter son réveil !
Plus d'un jour j'attendis, et mon âme inquiète
L'appela par trois fois... sa voix restait muette ;
Cent fois, des plus doux noms, que dictait mon amour,
Je l'appelai, pleurant, espérant tour-à-tour !
C'était en vain ! Bientôt je vis la pourriture
S'emparer de ma mère, en faire sa pâture.
A la ravir aux vers j'avais déjà cherché,
Lorsque je découvris, jusqu'à son cœur plongé, (*)

(*) Variante : Sous sa robe caché.

Le poignard du brigand! Un éclair dans mon âme,
Me révélant sa mort, grava d'un trait de flamme
L'amour de la vengeance! Il est là, teint de sang,
Au pied de ce rocher, en silence... il attend!...
Il veille sur sa tombe, et ma main l'a creusée,
Et des pleurs bien amers l'ont souvent arrosée.
Depuis, en sa chaumière, un pauvre m'accueillit,
Je partage son sort et ma haine grandit!
Et mon front, qui devrait porter une couronne,
S'incline avec douleur pour demander l'aumône.
Ciel, j'ai fermé sa tombe. Ah! qui viendra l'ouvrir
Pour un fils malheureux, trop heureux de mourir?...

Il chante :

O ma mère, mère chérie,
Loin de toi, c'est trop gémir!
Viens, que ton ombre bénie
Abrége tant de maux ou m'apprenne à souffrir!
O ma mère, mère chérie,
Toi mes seules amours,
Dormiras-tu, dormiras-tu toujours?

(Voyant une fleur, il dit :)

Le ciel, par un heureux présage,
Veut-il rendre à mon cœur le calme et le courage
En faisant éclore une fleur
Au jour, aux lieux témoins de mon malheur?
Mère, cette immortelle
Nous promet une vie et plus douce et plus belle.

(Il va pour la cueillir, et aperçoit la tombe foulée.)

Quel mortel audacieux
Vient souiller de la mort le triste sanctuaire?
Mère, ta tombe est profanée!
Objet d'un culte pieux,
Ta croix est mutilée!
Ciel, punis le téméraire,
Soutiens, conduis mon bras vengeur!
Armé du long poignard caché sous cette pierre,
Je veux enfin... mais... ô douleur!
Il n'est plus là! Qui put me le ravir!
N'est-ce point cette bande armée,
Vendue au noir tyran? Oui, je l'ai vu courir,
Cherchant une victime, à ma perte acharnée!
Près du ravin, je crois les découvrir :
Ce sont eux!... Je jure, ô ma mère,
De te venger ou de périr!
Je le jure, trois fois, par le ciel et la terre!

SCÈNE IV.

ARTHUS. LE PÈLERIN.

LE PÈLERIN.

Jeune homme, arrête! Où portes-tu tes pas?

ARTHUS, *armé d'un poignard.*

D'un meurtrier...

LE PÈLERIN.

Ce coutelas?

ARTHUS.

Il doit punir un traître!

LE PÈLERIN.

Arrête, téméraire!

ARTHUS.

En vain!

LE PÈLERIN.

Mon fils!

ARTHUS.

Non! je n'ai plus de père!

LE PÈLERIN.

Il est au ciel un Vengeur des forfaits!...

ARTHUS.

Il ne me venge point. Craindrais-je ses arrêts?

LE PÈLERIN.

Veux-tu donc...

ARTHUS.

Sans délai!...

LE PÈLERIN.

O ciel! souiller ton âme...

ARTHUS.

Je veux venger ma mère et veux punir l'infâme.

LE PÈLERIN.

Quoi! tu serais...

ARTHUS.

Son fils et son vengeur!...

LE PÈLERIN.

Tu veux?...

ARTHUS.

Sur l'heure!...

LE PÈLERIN.

Frappe donc, si tu peux :
Je suis ce meurtrier d'une mère adorée,
Comme toi, jeune Arthus, je l'ai longtemps pleurée,
Le Ciel avait touché le cœur de l'assassin ;
Du crime, pour jamais, je quittai le chemin !
Sous ces tristes haillons, depuis longtemps j'expie
Un crime que j'aurais racheté de ma vie.
J'ai laissé ma demeure et donné tous mes biens,
Je demande l'aumône, et quelquefois je viens
Prier sur ce tombeau, l'arroser de mes larmes !...
Arthus, si je ne puis vous vaincre avec ces armes,
Si, malgré tant de pleurs, je ne puis obtenir
Le pardon que j'implore, Arthus, je veux mourir
Au pied de cette croix, au sein de ce bois sombre,
Et ses bras étendus protégeront mon ombre !

ARTHUS.

Dieu, tu désarmes ma colère,
Je n'ose plus venger ma mère,
Pour devenir ton fils
Le meurtrier sera mon frère!
Pitié pour nous,
Excuse ma colère,
Pardonne à l'assassin, pardonne à mon mépris !

LE PÈLERIN, *à genoux, chantant :*

O Dieu clément, exauce ma prière,
Bénis le fils et protége le père ;

Accorde à la victime un bonheur éternel,
Pardonne au criminel!

(On répète en duo.)

LE PÈLERIN.

Avant de commencer mon dur pélerinage,
Puisque de mon pardon tu m'as donné le gage,
De ma bouche reçois les promesses du Ciel :
Oui, tu vivras longtemps, et d'un bonheur sans fiel ;
Tu jouiras en paix d'un avenir prospère,
Plus heureux mille fois que ton cœur ne l'espère !
Pour prix de tes vertus, il te rend en ce jour
Un trésor précieux et cher à ton amour :
De Breppo, de Nizza, vois l'image fidèle...
Son beau front, son regard, sa bonté, c'est bien elle !
Regarde, Arthus... ces traits, tu ne les connais plus ;
Ils brillent sur ton front, miroir de ses vertus !
Ce présent de Breppo, seul objet qui te reste,
Des premiers jours si beaux d'un hymen trop funeste.
Sur le sein de Nizza, témoin de sa douleur,
Il a compté longtemps les soupirs de son cœur ;
Et depuis, un forfait, cruelle destinée !
L'a mis en cette main, d'un crime profanée.
Au cou du meurtrier, placé pour le punir,
Il causa mes remords, soutint mon repentir.
Conserve ce trésor ; à son heure dernière
Il reçut ses baisers. Oui, déjà sa paupière
Au jour était fermée, et sa voix murmurait :
« Arthus... Breppo... mon fils. » Et puis elle baisait
D'Arthus et de Breppo la précieuse image ;
Garde-là sur ton cœur. C'est ton seul héritage !

ARTHUS.

Xanthos, vers le Très-Haut mon cœur reconnaissant
Pour toi porte les vœux qu'inspire ce présent.
Ermite, que ta voix, appelant sur ma tête
Tous les dons les plus beaux, change en un jour de fête
Le jour que d'un forfait mon aveugle courroux
Eut souillé pour toujours! O ciel, à deux genoux !...

L'ERMITE.

Relève-toi, mon fils : le Ciel, à tes alarmes,
Rend la paix, le bonheur qu'ont mérité tes larmes.

ARTHUS.

Homme de Dieu, bénissez-moi !

L'ERMITE.

Arthus, un meurtrier appellerait sur toi?...

ARTHUS.

Je le veux.

L'ERMITE.

Dieu clément, exauce ma prière,
Bénis le fils et protége le père;
Accorde à la victime un bonheur éternel.
Accorde au criminel
Le pardon que Nizza, mourant sur cette pierre,
Implora, par trois fois, à son heure dernière !

ARTHUS.

Que le Dieu tout-puissant exauce tous les vœux.

L'ERMITE.

Cher Arthus, adieu, sois heureux !

ARTHUS.

Bon ermite, souvent viens prier en ces lieux !

SCÈNE V.

ARTHUS, seul.

Que ces moments sont doux ! Une lueur nouvelle
Vient éclairer mon âme et vers le bien l'appelle.
Bonne mère, c'est toi qui du divin séjour
Répands sur ton Arthus les bienfaits de ce jour !
Reçois, reçois les vœux que mon âme t'adresse ;
Conserve-lui longtemps cette douce allégresse...
... Déjà l'ombre du soir s'abaisse sur le mont,
L'astre des nuits se lève et blanchit l'horizon,
O mère, en cet instant, que ma voix te redise
Les chants que, chaque soir, je confie à la brise.

Il chante.

I. (*)

A ce tombeau
Tu me vois, chaque aurore,

(*) Romance imitée du *Chevrier*, par Garat, et du *Chant du soir*,
publié dans un ouvrage de Mgr. Dupanloup, Évêque d'Orléans.

Et le soir tu me vois encore
A ce tombeau !
Mère chérie,
Je passerai ma vie
A ce tombeau !

II.

Du haut des cieux,
O toi, dont l'âme pure
Faisait l'orgueil de la nature,
Du haut des cieux !
De mon enfance
Tu sauvas l'innocence,
Du haut des cieux !

III.

Oui, chaque soir
Je viens ici, ma mère,
Sur ta tombe offrir ma prière.
Oui, chaque soir,
D'Arthus qui t'aime
Bénis le sommeil même,
Oui, chaque soir !
Bénis
Ton fils !

(Il s'endort, assis près de la croix du tombeau.)

SCÈNE VI.

ARTHUS. BREPPO. LES PAYSANS.

LES PAYSANS.

Cherchons sur la montagne, *etc.*

BREPPO.

Le moment est venu ! Sous cette voûte humide
Je crois voir le perfide !
Il dort... C'est lui !...

(Aux paysans, qui le couchent en joue.)

Non ! de ma main,
De son poignard je veux, enfin,
Au pied de leur croix funéraire,
Venger mon fils, venger sa mère !

(Apercevant le médaillon.)

Mais quelle image a brillé dans ses doigts ?
Contre son cœur il la presse parfois...
Ses larmes l'ont mouillée ; elle est humide encore.

(Voyant les portraits.)

C'est Breppo ! c'est Nizza !! l'épouse que j'adore.
Comment de notre hymen ce gage douloureux,
Que je mis sur mon cœur en des jours plus heureux,
Comment ?... Après le crime, à sa riche parure,
Il ravit mon présent ! Amis, sa voix murmure...

(Ils écoutent.)

ARTHUS, *endormi.*

Breppo !

BREPPO.

Breppo ? Maudirait-il mon nom !
Et cependant il paraît jeune et bon... (*Il écoute.*)

ARTHUS, *endormi.*

Nizza !...

BREPPO.

Serait-ce ta victime ?

(Relevant son bras, prêt à frapper Arthus.)

Je me trouble et je crains de me souiller d'un crime...

ARTHUS, *endormi.*

Nizza... ma mère... bénis...

BREPPO.

Il lui ressemble ! Arthus ! c'est toi... mon fils !

ARTHUS, *réveillé.*

O ciel !...

BREPPO.

Arthus, mon fils !...

ARTHUS.

Du nom si doux de père
Puis-je vous appeler ? Le ciel, du solitaire
Exauce-t-il les vœux ?

BREPPO.

Oui, je suis de Nizza
L'époux trop malheureux ;
Arthus, huit ans déjà
Le sort nous la ravit ! Qu'as-tu fait sur la terre
Pendant que je fuyais sur la rive étrangère,
Armé de ce poignard ? O funeste dessein !

ARTHUS.

Il a tué ma mère !

BREPPO.

... Et j'allais dans ton sein
Le plonger, sur la tombe où ta mère repose :
Je croyais la venger !...

ARTHUS.

O mon père, je n'ose
Te révéler le sort que ton fils ignorant
Te préparait naguère !
A mon égarement
Le Ciel, ému, découvrit le mystère.
Oui, qu'à genoux, Breppo, nos cœurs reconnaissants,
Pour de si grands bienfaits élèvent leurs accents ;
Et que jamais aucun de nous n'oublie
Qu'il lui redoit deux fois la vie !

BREPPO.

O Dieu, par quels moyens tout-puissants et secrets
Viens-tu donc renverser nos sinistres projets ?

ARTHUS.

Pour retenir une main parricide,
Tu te sers aujourd'hui du bras d'un assassin :
Nizza fut sa victime, et ta bonté le guide
Comme un ange sur mon chemin !

BREPPO, *aux paysans.*

Amis, marchons sur l'homicide !

ARTHUS, *à Breppo.*

Nous lui devons la vie...

BREPPO.

Arthus, tu le connais ;
Révèle-moi sa demeure, et je vais
Nous venger tous les trois...

CHŒUR DES PAYSANS.

Cherchons sur la montagne
Le meurtrier de Nizza...

ARTHUS, *les interrompant.*

Amis, c'est notre frère !...

LES PAYSANS, *continuant.*

De Breppo, notre chef, oui vengeons la compagne... ;

ARTHUS.

Sans lui, j'aurais tué mon père !

LES PAYSANS.
Mort à celui qui l'immola !

ARTHUS.
Il reçut de Nizza le suprême pardon !

BREPPO.
Je veux venger son nom !

ARTHUS.

Eh ! quoi, Breppo, que veux-tu faire ?
Tu veux venger Nizza quand son ombre si chère
Te dit de pardonner ! Breppo, pour ce forfait,
Et, prévenant du Ciel le juste arrêt,
Sous le pauvre manteau d'un ermite, il mendie,
Et, depuis bien longtemps, dans les pleurs il l'expie !
Mon père, oserais-tu refuser à mes vœux
Le pardon de Xanthos : tu me rendras heureux,
Et le ciel, de ses dons, bénissant ton courage,
Nous donnera des jours longs, purs et sans nuage !

BREPPO.

Arthus, tu m'as vaincu !
Viens sur mon cœur, ô fils que je croyais perdu.
Oui, je pardonne au repentir sincère :
Daigne le Ciel exaucer ta prière !

ARTHUS.

Chers amis de Breppo , vivons tous en ces lieux ,
Pour être heureux sur terre et plus heureux aux cieux !

CHŒUR DES PAYSANS.

Pour soulager notre misère,
Breppo , redeviens notre père;
Nous te proclamons Roi ,
Et nous jurons de vivre sous ta loi.

CARLI.

Amis, dans nos vallons que votre voix publie
Le retour de Breppo !

DUO.

Courons, courons , le bonheur nous convie !

CHŒUR DES PAYSANS, *en s'éloignant.*

Pour soulager notre misère,
Breppo redevient notre père !
Nous le proclamons Roi ,
Et nous jurons de vivre sous sa loi.

SCÈNE FINALE. (Ad libitum.)

ARTHUS. BREPPO. (*)

DUO.

A ce tombeau
Nous viendrons à l'aurore,
Et le soir, nous serons encore
A ce tombeau !
Nizza chérie,
Je passerai ma vie
A ce tombeau !

(*) Voir la page 10.

II.

Du haut des cieux ;
O toi dont l'âme pure
Faisait l'orgueil de la nature,
Du haut des cieux !
De son enfance
Tu sauvas l'innocence,
Du haut des cieux !

III.

Oui, chaque soir
Nous viendrons, bonne mère ;
Sur ta tombe offrir ma prière.
Oui, chaque soir !
D'Arthus qui t'aime
Bénis le sommeil même,
Oui, chaque soir ,
Bénis
Ton fils !!!

FIN.

Verdon, imp. de Latarst.

DU MÊME AUTEUR.

Six Cantiques à Marie, pour le mois de Mai 1852.   Approuvé par
Quatre Hymnes latines de l'office de l'Immaculée   NN. SS.
   Conception, pour le mois de Mai 1852.   les Évêques de
Angelus, oratorio pour la Fête de l'Annonciation. id.   Verdun
Qui ascendit in cœlum, oratorio pour l'Ascension. id.   et d'Orléans.
Adorote supplex.—O Salutaris.—Ave, Maria.—Monstrate.—Ave,
   Maris Stella, etc.
Recueil de Chants destinés et exécutés aux solennités scolaires de Mar-
   ville. (Paroles et Musique.)
21 morceaux en trois album. (1844-45-46-49.)
Le Rêve du Lauréat, barcarolle-nocturne à 2 voix.
La Vocation, scène caractéristique, chœur à 4 voix et 6 solos, sur
   les paroles de M. A. Rolland.
Le Matelot et le Montagnard, chœur à 2 voix et 6 solos.
Moine et Bandit, drame lyrique en 1 acte, paroles et musique sur
   les motifs de la romance de ce nom, par P. Henrion.
Le Lac de Thierenbach, pélerinage d'Alsace, — Impression de
   voyage, — Barcarolle à 2 voix.
Hymne à Ste.-Cécile.—Le Rêve d'un fils.— Hymne à l'enfant Jésus.
   —La Victoire, cantate-opéra, etc., etc., etc.

www.ingramcontent.com/pod-product-compliance
Lightning Source LLC
LaVergne TN
LVHW051139060726
842526LV00006B/2138